楊梅

岡本泉句集

YAMAMOMO
Okamoto Izumi

ふらんす堂

序

もうすぐ楊梅の実る頃である。

私の神戸の住まいのある岡本は六甲山の山裾に位置し、街から標高二百メートル近くまで登ると保久良神社がある。境内には磐座が残り、古代祭祀の場だったらしい。神社は楊梅の大木からなる鬱蒼とした樹林に囲まれている。楊梅が実を落とすと、この辺りに棲む猪がやって来て、夢中になって食べるそうだ。鳥居の前には昔は船の目印になった常夜灯があり、眼前に海を一望できる。

この句集のタイトルに促されて、ついつい私の散歩コースの話が長くなってしまった。泉さんは郷里に多い楊梅を句集名に選んだ。

楊梅や思ひ出ばかりつぎつぎと

郷里の両親を早く亡くした泉さんにとって、楊梅は郷愁のよりどころをなす樹であり、果実なのだろう。泉さんが育ったのは土佐の中村市（現在の四万十市）。その土地で泉さんはどんな思い出を胸に刻んだのか。その背景には、楊梅がたわわに実る南国の楽園が豊かに広がっているのだろうと想像する。

泉さんは、結婚を機に故郷を離れ、湘南の藤沢に暮らすことになった。そして、俳句に出会うことになる。町内に鷹の同人がいた幸運から句会に導かれ、鷹に入会して藤田湘子の門下に入った。

旅鞄解きて涼しき灯かな
草刈の四五人すでに次の畦
瓜揉むや口ついて出し土佐ことば
口ずさみピアノの楽譜曝しけり
駅弁の竹皮ひらく帰省かな

旅鞄の句は、旅行先と読んでもよいが、帰省した故郷の情景を思ってみたくもなる。草刈の句も郷里の思い出の中の風景ではないか。何かの拍子に出る土佐言葉。瓜を揉む気安さがきっかけとなったのが楽しい。次の句は、結婚するまで音楽教師だった泉さんらしい。竹皮をひらく駅弁は素朴ながら旨そうだ。かつての帰省の場面なのだろう。

夕菅や音も二輌の小海線

湘子先生の厳しい指導に鍛えられ、この句で初めて湘子選の推薦句に入った。「音も二輌の」というところに実感があり、そこから静かな旅情が広がる。自分の俳句もやっとここまで来たかと喜びもひとしおだったことと思う。さらに精進しようと心に誓ったはずだが、師はいつまでもいてくれるものではない。

小田原文学館

石に在る師の筆跡や若葉雨

湘子先生の故郷の小田原に句碑を建てることができたのは、先生が亡くなった翌年だった。先生の懐かしい筆跡が「石に在る」。生前に句碑を建てても石に刻まれることに変りはないが、動くことのない石の上の筆跡は、先生がもうこの世にいない事実を泉さんに突きつけたのだろう。

まつ白の家の模型や晩夏光
谷間に日のさし来たり冬泉
恵方巻かぶりつけよと言はれても
父と子に雪すぐ解けてしまひけり
山吹や十四歳の馬に水
息白くマラソンの列流れ出す
秋高し出荷の芝生切り重ね

湘子先生亡き後の泉さんの足跡を、私の好きな句をあげて辿ってみた。特に印象に残ったのは恵方巻の句。恵方巻と称して節分に食べる太巻は、恵方を向いてまるのままかぶりつき、一本食べ終えるまで口を利いてはならないとされる。もともとは大阪の海苔業者が販促のために考えたものと言うから胡散くさい。そんな行儀の悪いことできますか、と読者に訴えるような口調が愉快だ。対象を当意即妙に俳句に収めながら、どの句にも歯切れのよいすがすがしさを感じる。

夫逝きて食卓広し冷奴

冬もみぢ調度簡素に永らへぬ

逝きし日の短き言葉鉢の菊

育てあげた三人の子は巣立ち、健康が自慢だった夫に先立たれて、泉さんはいま藤沢の家を一人で守っている。「冬もみぢ」の句は、泉さんの作とは知らぬまま、鷹の例会で惹かれて取り上げたものだ。一人で暮らしやすいように身の回りの物を整理したのだろう。寂しいことには違いないが、「調度簡素に」という中七がきっぱりしてよい。夫の残した言葉を胸に、この家で冬紅葉のように永らえる。その日々からどんな俳句が生まれるのか、楽しみに見ていきたい。

令和六年五月

小川軽舟

楊梅＊目次

装画・久村香織

句集　楊梅

岡本　泉

第一章　旅鞄

昭和五十五年〜平成四年

凍て土のまだ陽はささず汽笛鳴る

夏雲や土つけし子の膝がしら

あした葉のどこにでも生え流人墓地

水中の束子をつかむ秋の暮

丹沢は雨の中なる穂草かな

故里に母おく月日合歓の花

昼顔やきしみて止まる土讃線

新涼や天井低き子規の家

旅の荷の軽きがうれし草の絮

雲見れば大仏動く石蕗の花

剪る前に鳴らす鋏や霜柱

大霜の二の鳥居とて仰ぎける

下野の畦土黒き芒種かな

旅鞄解きて涼しき灯かな

たたみ目の黄ばみし日傘佃島

秋深し塑像坑夫の顎の張

鳥屋の中ややざわめきし良夜かな

夕菅の山彦に色ありにけり

たんぽぽや盥に産湯あふれしめ

明易し宿に潮の時刻表

町中《なか》はひびくものなし羽蟻とぶ

水呑んでカルキの匂ひ終戦日

大輪にして枯菊となりゐたり

行く雁や母の手帳に母の文字

春浅き砂場に靴の跡無数

髪染めてさみしくなりぬゆすらうめ

冬ぬくし切藁の浮く水飲場

ポインセチア若き日の声失へり

谷戸坂の落葉溜りは風溜
笹鳴に昔の服を着てみたる

鳥雲に干座布団を一と叩き

めかり舟押し出す舳先浮きにけり

大仏の肩のむかうの山の藤

涼しさや宙を流れし竹一葉

夕河岸の床氷塊を走らしむ

沖生簀はなれぬ鳶や朝曇

静かなる牛の一群盆の月

畳一枚占めて芒を活けにけり

掛稲の空の果てなる観覧車

シャンデリア最上階の淑気かな

寒蜆洗へば音のくぐもりし

薄明やほのめきけぶる欅の芽

厩出し岳からの風やりすごす

灌仏や雀ふえゐし水たまり

斑鳩の雨やはらかし早苗籠

一打ちの鼓やかへす手の涼し

昼花火使はぬ皿のふえにけり

草刈の四五人すでに次の畦

西日さす鱗まみれの台秤

柚子百顆ほとほと雨に倦みにけり

火を入るる前の屋台や秋の風

寒蘭や海鳴りをきく眼して

葛飾やぺんぺん草に艪音きて

サーファーに磯馴れの松の痩せにけり

藻の花やきのふとちがふ空の色

風の出て川にネオンや心太

画家逝きて印形二十雁渡し

母の忌の野川見てゐし寒暮なり

箕に乾く石蓴《あおさ》の風の鳴りにけり

海見ゆる教室愛し卒業す

灯台も停泊船も梅雨に入る

波乗りや拡声器より割れし声

瓜揉むや口ついて出し土佐ことば

サルビアや眼の弱りあざむけず

山の日に飛び交ふものや落し水

短日の濡れ手にとりし受話器かな

追憶の山は暮色や菊根分

どの船も瀬戸の夕焼浴び進む

頭の中に音生まれをり水中花

秋風やオセロゲームの白と黒

三寒や塩を噴きたる仕込樽

芦の芽に風待つこころありにけり

油絵の赤の暗さや春暖炉

旧道は坂に尽きたり花茨

保線夫の螢光チョッキ五月闇

虎杖や昔はものの旨かりき

第二章　菊枕

平成五年〜平成十六年

風立ちて帰心たちまち通草の実

くちなしの実や山寺に山の水

カツ丼の味の濃かりし荷風の忌

はまなすや運河へ倉庫開けてあり

青蜜柑嫁ぐ子不意に気弱なる

黄落や林の奥のホルンの音

春近し旅券の写真気に入らず

高知城追手門より初つばめ

ミモザ咲くホテルの鍵の重かりし
鳥のため枝に刺すものあたたかし

楽譜書くペン先太し鳥雲に

蓮刈の鎌伸ばすとき舟傾ぐ

紅梅や山をしたがへ一軒家

風誘ふもの青麦とスカートと

籐椅子やひとの愛憎遠くにす

通草蔓ひくや口笛おのづから

暁闇の空より芽吹くものの息
雪降るやペルシャの青き泪壺

鈴虫を駅舎に飼ひて勤しめり
干し上げて菊枕には足らざりき

年の暮研屋刃先をかかげ見つ
氷りつつみづうみ色を失ひぬ

聖堂に祷る職人春夕べ

嚙みあてし石蓴の砂や母郷なり

いち日を時計着けざる涼しさよ

明易し眼の炯炯と孕牛

引く波に聴き千鳥や茜雲

雪はげし母若くして身罷りし

夕桜谷深くきて靴濡らす

口ずさみピアノの楽譜曝しけり

脛細き少女の軽羅氾濫す

ゐのころや峠の雨は晴れやすし

猟期来ぬ戸口につきし獣の血

山桜兄一兵卒として死せり

子の名前やうやく決めし扇子かな

霧とぶや白山ふうろ踏むまじく

初ひぐらし甲斐駒の水汲みにけり

新涼や壁に窯入予定表

孕鹿ゆらりと我に寄りきたる

冬蝶の河口越えきしいのちなり

黒犬の緊まりしからだ冬泉

頂上の短き草も霧氷かな

芦の芽にあるともなしの流れかな

秋立つや沓脱石の絵具箱

首筋の不意にさびしや鳳仙花

わが歩幅六十センチ冬木の芽

葉桜や風にふくらむ服を着て

鳥海山雲の上なりホップ咲く

ホップ摘む女の蝦夷ことばかな

山清水汲みてこの世の外にをり

霜枯や鷺美しく藻を歩く

夕萱や音も二輌の小海線

砥石二枚水に浸せる良夜かな

をとこ等にネクタイのある残暑かな

卓上の木の実いろいろ明日の計

霜柱わが腑に巣くふもの何ぞ

草萌や身に一条の手術痕

菜の花や秀峰西にかくれなし

夏きたる大樹の幹を走る雨

貫禄や祭太鼓の鋲二百

なぐさまず水鳥に餌投げてをり

凍解や果樹園低く枝張りぬ

聖堂の落着く暗さ青葉風

駅弁の竹皮ひらく帰省かな

小鳥屋に思はぬ長居秋日和

明日のためどんどの枝を束ねをり

山行の杖たたみけり冬紅葉

第三章　筆跡

平成十七年〜平成二十二年

靴屋にて靴はき替へし遅日かな

坂の上より一村の雪景色

忌を修す昨夜の螢を眼裏に
揚羽きて忽ち昏き野川かな

小半日根岸にあそぶ冷奴

少年に遠き未来や鰯雲

大木を伐るを見届け豊の秋

白神を出でし水なり芋洗ふ

山水の疾きをたたへ返り花

雪降るや富士屋ホテルの木の扉

高千穂や神代もいまも種を蒔く

永き日の噴煙の向き変りけり

春の雨真夜目覚めゐて灯さざる

小田原文学館

石に在る師の筆跡や若葉雨

その下に数多の翅や誘蛾灯

三光鳥たちまち山気濃かりけり

まつ白の家の模型や晩夏光

瓜苗を提げ魚屋を素通りす

螢火や不意にわが身の腥き

登り来て風の痩尾根ななかまど

冬の鳶けものの貌を持ちはじむ

街の灯の港に尽きぬ春コート

暮れがての空の蒼さや蚊喰鳥

流木に稚貝びつしりいなさ吹く

蛇口よりほとばしる水終戦日

わが庭のひとときの栄黒揚羽

稲妻や土間に鱗片おびただし

蕭条たる雨の中なり烏瓜

綿虫やたたら踏みたる化粧坂

貝寄風や戦死の若き兄の手記

螻蛄鳴くや灯を近ぢかと枕元

白木槿雨のひと日の安らけし

秋光やぼんたん飴のオブラート

良夜なり下駄の音たてポストまで

遠山の縹色なり大根干す

枯芝やふいに猫の目猛猛し

冬あたたか佃煮さげて佃島

ナプキンの三角錐や漱石忌

谷間《あい》に日のさし来たり冬泉

シャツの衿叩いて干せり霜柱

小綬鶏や山家の軒のうす煙

柿の花明日恃む髪切りにけり

石臼をつくばひ使ひ夏に入る

前山を靄たちのぼる余り苗

人と馬板壁隔つ夏炉かな

さくらんぼひとつふふめば種ひとつ

綿虫や水無川に水の音

群雀おどろかせたる嚔《くさめ》かな

山並の雲の光芒冬田踏む

小説の江戸に親しみ冬の月

春潮や平らな石を掌

水を待つ棚田二枚や花茨

市の地図の真ん中に城青葉風

葭原に大葭切の声待てり

夕されば藍の切子の冷酒かな

風鈴や嫁のきれいな箸使ひ

第四章　画架

平成二十三年～平成三十年

稲掛けの香の立つ道の暮れにけり

冬晴や桐の香満つる木工所

マフラーや夢はぐくめる水平線

画架立ててまなざし遠き春野かな

葉桜の風ゆたかなるチャイムかな

青梅の太り読むべき本多し

雑踏を抜けて川風夜店の灯

涼風や普段づかひの益子焼

小説の佳境に火蛾のきたりけり

源流をたどる道あり一遍忌

書き了へてわが名平凡小鳥きぬ

冬凪へくだる江の島一丁目

校庭の声谺せり芽吹山

息深く辛夷のもとに悼みけり

海霧深しジャズのもれくる木の扉

豊の秋土間の奥より応へあり

紅葉かつ散る渓流の白き石

富士見ゆる畑大事や干大根

恵方巻かぶりつけよと言はれても

峡谷の岩の突兀つばめ飛ぶ

薄暑なり石鹸ぬりて抜く指輪

水母寄すあそびの長き舫綱

裾からげ水打つ婆や神楽坂

氷頭鱠下戸のわれにもすすめらる

石狩や胡蘿蔔《にんじん》を掘る一家族

界隈の聞きたき音に羽子突も

大寒や翻筋斗《もんどり》うつて土俵下

えごの花肩のさみしき人とをり

としよりの早き夕餉や青簾

海光へ紛れし小舟俊寛忌

風花のわがてのひらにのらず消ゆ

日の差して空気きらめく霧氷林

子の選ぶ道諾へり春の月

蕨萌ゆ瑞牆山にかかる雲

兄逝きて彼の世の親し濃山吹

梅漬くる重石ひとつに夫呼べり

来てみれば店の名変はり芙蓉の実

寒蘭に部屋の空気の締まりけり

父と子に雪すぐ解けてしまひけり

もう年に不足なけれど蕗を煮る

胸元を広げし父の団扇かな

白芙蓉いもうと先に逝きにけり

渚にて靴先濡らす秋意かな

寒晴や田舎汁粉のもつたりと

水細く注ぐ花鉢冬日和

顔寄せてみくじを開く春日かな

旅信あり雪の深さを詳らか

山吹や十四歳の馬に水

引退のことば短し薔薇の束

汲む水のコップをあふれ敗戦忌

窓の日を共有われとシクラメン

次女

葉牡丹やほんに娘も五十とは

息白くマラソンの列流れ出す

水打つて明日待つ心つのりけり

焼鳥の串に火の付く西日かな

ビーチパラソル一本に一家族

手の甲にはじまる老や夜の秋

外つ国を見ず母逝きぬ金魚玉

夏の月ただだに輝やく不安かな

度の甘くなりし眼鏡や星月夜

第五章　花鉢

令和元年〜令和五年

木枯を夢にうつつに夜の白む

望郷にひらくアルバム日脚伸ぶ

雲透かしゆく日輪や山桜

望の夜の手探りに鍵使ひけり

豪勢にとばす鱗や年用意

辻に出て忽ち寒の落暉かな

ユニクロの大袋提げ卒業期

病む夫の短き返事まめ御飯

仏飯のさめゆく時間夏灯

夫逝きて食卓広し冷奴

戸を開けて帰る無人の家暑し

山梔子の絶対の白朝はじまる

つのりたる喪ごころ夕立あがりけり

白木槿笑顔の夫を遺影とす

寝そびれて二十三夜の月に会ふ

終日をわれ素つぴんの涼しさよ

盆花を冷たき水に活け直す

秋高し出荷の芝生切り重ね

冬もみぢ調度簡素に永らへぬ

浜焚火ことしの不漁くちぐちに

帰り花一輪にしてつややかに

大木に寄り黄落の刻惜しむ

砂浜を見れば駆ける子春日傘

皮剝けば片手にのりし筍よ

グラジオラス咲きし重さに傾ぎけり

あぢさゐを壺いつぱいに忌を修す

椎の実や昔日思ふこと不意に
部屋の灯を点け凩を遠くせり

初時雨ビニール傘の頼りなき

若布干す光の中の母と子と

山の端にかかる夕雲苧殻焚く

逝きし日の短き言葉鉢の菊

大樹なる昏さ安けし秋の雨

海岸の生痕化石秋深し

故里のはらからやさし野紺菊

連れ立ちて玉砂利ふめる淑気かな

早梅や夫の遺せし本の嵩

すれちがふ無灯自転車春寒し

一輪の深紅の薔薇に気圧さるる

黒土に雨上りたり茄子の花

露草に落着く心町はづれ

楊梅や思ひ出ばかりつぎつぎと

孔雀また鋭き声放つ五月晴

冷房や標本の蝶飛ぶ形

雨戸繰る刹那や蟬のはじけ飛び

バスのドア開くたび早稲の刈田風

あとがき

三人の子育てが一段落した頃、何か自分のこれからの生活に核となるような目標を持ちたいと念じておりました。

丁度その様な折「鷹」同人の横井千枝子さんに誘われて「辻堂俳句会」に入ったのが俳句との出会いでした。それが幸運にも「鷹」との御縁となり、藤田湘子先生の熱意あるご指導のもと、俳句の楽しさ、奥深さを学び知りました。

平成十七年、湘子先生がご逝去されました。その後、小川軽舟主宰のご指導を頂きながら日々の心の糧として作句の歳月を過ごして参りました。

三年前に病で夫を失いました後も、俳句と子供たちにその喪失感をなぐさめ、支えられている事を感じます。いま私も八十代半ばになり、四十年余の溜まった数多の拙句をこの機にまとめておきたいと思い立ちましたのが今回の句集で、名を「楊梅《やまもも》」としました。

土佐の果実で思い出深いものです。

小川軽舟主宰には、御多忙の中、再選を快くお引受け下さり、また身に余る序文を賜りました。厚く御礼申し上げます。

また永きにわたり親しく励まして下さった「鷹」ならびに句友の皆様に心より感謝申し上げます。

ありがとう御座居ました。

私事ながら句集の表装の絵は息子の妻、久村香織にお願いいたしました。うれしく記念になりました。

令和六年六月

岡本　泉

著者略歴

岡本　泉（本名・和子）

昭和12年　11月28日　群馬県桐生市生れ
昭和15年　（3歳より）高知県四万十市
昭和55年　「鷹」入会
昭和62年　「鷹」同人

俳人協会会員

現住所
〒251-0047
神奈川県藤沢市辻堂2丁目21-38

句集　楊梅　やまもも

二〇二四年七月二三日　初版発行

著　者——岡本　泉

発行人——山岡喜美子
発行所——ふらんす堂
〒182-0002 東京都調布市仙川町一—一五—三八—二F
電　話——〇三（三三二六）九〇六一　FAX〇三（三三二六）六九一九
ホームページ https://furansudo.com/　E-mail info@furansudo.com
振　替——〇〇一七〇—一—一八四一七三
装　幀——和　兎
印刷所——日本ハイコム㈱
製本所——日本ハイコム㈱
定　価——本体二六〇〇円＋税
ISBN978-4-7814-1677-9　C0092　¥2600E